Bibliotecària Sumisa

i altres històries

Erika Sanders

Bibliotecària Sumisa i altres històries

Erika Sanders
Sèrie
Dominació i submissió eròtica

Sinopsi

Bibliotecària Sumisa és una novel·la de fort contingut eròtic BDSM i, alhora, una nova novel·la pertanyent a la col·lecció Dominació Eròtica, una sèrie de novel·les d'alt contingut BDSM romàntic i eròtic.

(Tots els personatges tenen 18 anys o més)

Nota sobre l'autora:

Erika Sanders és una coneguda escriptora a nivell internacional, traduïda a més de vint idiomes, que signa els seus escrits més eròtics, allunyats de la seva prosa habitual, amb el seu nom de soltera.

Índex:

BIBLIOTECÀRIA SUMISA I ALTRES HISTÒRIES
ERIKA SANDERS

BIBLIOTECÀRIA SUMISSA

"Senyoreta, seria tan amable de mostrar-me on són els llibres eròtics?" una veu masculina va dir darrere meu.

Em vaig congelar, els meus dits es van quedar fixos sobre el teclat del meu ordinador.

Per un moment, vaig tancar els ulls i vaig empassar saliva.

Vaig sentir que els músculs baixos dins meu s'estrenyien.

Vaig sentir que els meus mugrons s'endurien contra el setí de la meva sustentació.

No van ser les paraules, va ser la seva veu.

Això és el que em va fer.

Seguia escoltant-lo fins i tot ara que havia callat, i em va despertar en mi ganes de l'alliberament necessari.

Va ser molt suau.

Com les tòfones de xocolata blanca, la meva panacea, lliscant per la meva gola.

Profund, igual que quan jo ...

Inhalé, lentament deixant anar l'alè, els meus dits es van corbar ara mentre intentava mantenir l'equilibri.

"M'alegraria ajudar-ho, senyor".

Vaig deixar anar un panteix suau, però audible, i un gemec inconfusible.

Quan em vaig tornar, vaig sentir la meva respiració aguda.

Ell estava dret a l'altra banda de la recepció, amb unes ulleres de sol encara posades, els seus llavis ferms tremolant lleugerament.

Em vaig adonar que volia somriure.

Vaig traçar les línies del seu bigoti vermell i perilla amb els meus ulls, la meva llengua sortint per llepar-me el llavi inferior fins i tot mentre intentava resistir el moviment.

"Els llibres eròtics, senyoreta?"

Vaig aixecar els ulls, imaginant que idees recorrerien pel cap.

"Sí, senyor, per aquí".

Vaig envoltar el taulell, els genolls tremolant una mica.

Em vaig aturar per recuperar l'equilibri, maleint-me per fer servir les sabates negres de taló avui.

Serien un infern per baixar els esglaons de les escales al pis inferior.

Vaig sentir la calor del seu cos darrere meu mentre caminàvem cap a la secció de referència.

Vaig mantenir les mans fixes als meus costats, amb ganes d'aconseguir-lo.

Volent ser al lloc que em correspondria darrere seu, deixant que em guiés.

Però vaig mantenir la meva manca professional i vaig procedir a obrir-nos camí a través dels prestatges d'enciclopèdies.

"Les dames primer", va dir quan vam arribar a l'accés que conduïa al pis de baix.

Vaig posar els ulls en blanc, sabent que no els podia veure.

Però una part de mi volia que ho hagués fet.

Vaig reprimir una rialleta i vaig agafar el passamans, començant el lent descens.

Podria ser una noia dolenta quan volgués.

"Hi havia alguna cosa especial que estava buscant, senyor?"

"La secció de romanç eròtic. Vaig escriure el nom que busco en un paper. Deixeu-me veure si el puc trobar".

Havíem arribat al fons sense accidents, encara que el meu taló s'havia enganxat a la vora dels estrets esglaons de metall dues vegades.

"¿Nou o usat, senyor? La resta dels llibres de butxaca nous també s'emmagatzema aquí. Només els mantenim a dalt durant un parell de mesos".

"Nou, millor".

"Llavors hauríem d'anar per aquest camí", li vaig dir girant a l'esquerra i dirigint-me cap a un passadís amb poca llum, el meu ritme cardíac augmentava amb cada pas.

La seva respiració es va fer més feixuga mentre em seguia.

Les nostres sabates feien clic al pis del soterrani, el so esmorteït pels prestatges de llibres que ens envoltaven.

Sobre nosaltres, una llum va brunzir i parpellejar.

Vaig prendre una nota mental per informar sobre la bombeta defectuosa.

"Quin era el nom del llibre?"

"Sembla que no puc trobar la meva nota. Però l'autora començava amb E i de cognom Sanders, ¿Erika? Sabria el títol si el veiés".

Vaig assenyalar un conjunt de prestatges a l'altra banda de la sala.

"Seria millor començar per allà, aleshores".

"Després de vostè senyoreta".

Vaig sentir la mà a la part baixa de la meva esquena quan ens vam acostar a la secció correcta.

Vaig tancar els ulls breument, volent gemegar.

M'havia semblat molt de temps des que vaig sentir el seu toc, tot i que només havia estat d'hora aquest matí.

A través de la meva brusa, podia sentir la calor de la pell cremant la meva.

"Podria ajudar-te a mirar si em poguessis donar una pista. Una paraula potser?"

"Sexe. Crec que tenia alguna cosa a veure amb el sexe".

La seva veu era un xiuxiueig baix contra la meva oïda.

Després es va pressionar contra mi, empenyent-me cap a un petit escriptori al final del passadís.

Quan no vaig poder anar més enllà, va augmentar la pressió sobre la meva esquena baixa i em va inclinar cap endavant.

"Però el meu interès per la lectura està disminuint en aquests moments. Prefereixo experimentar-la".

Jadeé, agafant la vora de l'escriptori per estabilitzar-me.

Els meus pits es van estavellar contra la part superior freda i dura.

Vaig gemegar en sentir la seva excitació a través dels seus pantalons i la meva faldilla mentre ell lentament es fregava contra mi per darrere.

Vaig empassar saliva mentre la seva mà lliscava més cap al sud, acariciant el meu darrere.

Aferrant-se a la falda.

Estirant les meves calces fins als meus genolls.

Quan els seus dits van fregar el meu cony, pressionant entre els meus llavis inflats, vaig plorar fort.

" Shhh "

Va continuar acaronant-me tan lentament que era embogidor.

La seva altra mà va jugar amb els meus cabells, deixant anar el monyo que m'havia col·locat meticulosament aquest matí.

Em vaig mossegar el llavi inferior i vaig descansar la galta a l'escriptori.

Vaig gemegar de nou quan la seva mà va desaparèixer entre les cames.

"Sigues una bona noia. No et moguis".

El vaig escoltar descordar-se el cinturó i abaixar la cremallera dels seus pantalons.

Vaig escoltar el seu suau sospir quan probablement va alliberar la seva polla dels confins dels seus calçotets.

Vaig escoltar el meu propi cor bategar salvatgement a les meves orelles.

"Ara recorda, senyoreta, estem en una biblioteca. Vaig sentir que hi ha regles estrictes sobre fer sorolls forts. I el càstig per trencar aquestes regles... bé, estic segur que estàs al corrent quins són els deures de ser bibliotecària i tot això ".

Els seus dits van tornar a acariciar el meu cony.

Però alguna cosa no estava bé.

També estava agafant els meus malucs amb les dues mans.

Gemí d'alegria en adonar-me que era la seva polla fregant-me allà.

Un fort cruixit va ressonar quan va colpejar el meu darrere nu, fent-me saltar i cridar.

"Et vaig fer una pregunta, senyoreta".

"Ho sento, senyor".

"Estàs excitada?"

"Sí senyor."

Va pressionar cap endavant, la seva polla penetrava molt lleugerament mentre balancejava els malucs d'un costat a l'altre.

Vaig separar les cames el més que vaig poder amb les meves calces encara ajuntant els meus genolls.

Quan va estar completament ficat dins meu, va moure una mà cap a la meva esquena baixa.

Va embolicar el meu cabell solt al voltant de la seva altra mà i va tirar.

Vaig cridar i vaig mirar la freda paret grisa.

Ell la tenia tan gran dins meu, estirant-me àmpliament.

Estava panteixant mentre entrava i sortia sense pressa.

Va tornar a colpejar-me el darrere i després va tornar a inclinar-me sobre l'escriptori.

"Aquesta és una bona noia. Agradable i atapeïda. Molt humida. Com li agraden al teu senyor".

Gemí, el meu cos pregant-li que em portés al clímax.

De nou, em vaig balancejar contra ell, seguint el seu ritme.

Això em va guanyar un altre cop.

"No et moguis, Petita. T'estic fotent. Tindràs la teva oportunitat més tard. I calla't".

Vaig intentar no fer soroll.

Ho vaig intentar molt dur.

Sabia que hi havia altres persones a la biblioteca, però ningú solia baixar al soterrani.

Però de cada dia perquè algú deambulés per aquí, avui podria ser el dia.

I, tanmateix, també desitjava que algú ens trobés fotent per poder abraçar aquest poc d' exhibicionisme amagat en algun lloc dins meu.

No obstant, quan es va capbussar i es va retirar, estirant el meu cabell, no vaig poder evitar gemegar i panteixar.

Cridant quan va decidir enganxar-me.

Em va agafar uns quants minuts llargs.

Es va sentir tan bé.

En aquest angle, però, no podia assolir l'orgasme.

I ell ho sabia.

Em va deixar anar l'esquena, encara agafant el meu cabell, i em va colpejar el darrere.

Forta.

Siseou amb la seva veu quan va preguntar:

"T'agrada això, nena?"

Gruñí.

"Sí senyor! M'agrada dur"

"Sí, què, petita?"

Em va tornar a copejar.

Els sons aguts i el dolor breu quan la mà es va connectar contra la meva pell nua van competir amb els meus crits.

Especialment mentre continuava empenyent la seva gran polla al meu cony.

No vaig pensar.

No vaig poder parlar.

"Estic esperant."

Un altre cop.

"Sí Amo!" Jadeé.

"Bona noia."

La seva mà lliure va lliscar sota meu i va acariciar el meu clítoris.

Vaig cridar mentre el meu cos tremolava.

Però no va ser prou temps.

La seva mà va desaparèixer, i de sobte es va retirar del tot.

"Alça't, Petita, i capgira't".

Les cames estaven entumides mentre obeïa.

Vaig recolzar el meu darrere contra l'escriptori per un moment, però immediatament em pus o dreta novament, fent una ganyota.

No vaig pensar que seria capaç d'asseure'm durant unes hores.

"Treu-te la roba."

Vaig obrir la boca, però la vaig tancar quan el vaig veure inclinar el cap cap avall i mirar-me per la vora de les ulleres de sol.

Em vaig descordar la faldilla i me la vaig lliscar, baixant de les meves calces en el procés.

Em vaig desbotejar la brusa, me la vaig treure i vaig afegir la meva sustentació a la creixent pila a terra.

Em va mirar amb un somriure als seus llavis, la seva llengua sortint cada vegada que revelava més de la meva pell.

Després es va afluixar la corbata i la va deixar anar.

Va fer voltes amb el dit a l'aire.

Em vaig girar una vegada més.

En silenci, va agafar les meves mans, jalant-les darrere de la meva esquena i lligant-les amb la seva corbata.

Després va pressionar la meva espatlla i ho vaig tornar a enfrontar.

"Reclina't."

Em vaig mossegar el llavi inferior, però vaig obeir.

El meu darrere encara estava molt adolorit, especialment amb la vora de l'escriptori clavant-se als meus músculs magullats.

I ara amb les mans lligades a l'esquena també, no podia fer-les servir per sostenir el meu cos.

"Obre les cames. Bona noia".

Va recolzar la mà esquerra sobre la meva espatlla dreta per equilibrar-me abans de cobrir el meu cony amb la seva altra mà.

Vaig tancar els ulls quan dos dels seus dits van pressionar entre els meus llavis inflats, fregant el meu clítoris.

Vaig deixar caure el meu cap enrere i me'n vaig allunyar cap a la paret darrere meu.

Va forçar les cames a separar-se més i va aixecar el meu cony perquè els seus dits l'acaronessin més profundament.

He oblidat tot sobre el dolor.

I com era de vulnerable si algú ens enxampés.

Tot el que podia pensar era aconseguir aquest precipici i caure de cap després.

Estava escalant, escalant i escalant... gemegant durant el meu assentiment.

"Oh, petita. Què et vaig dir sobre estar callada?"

Jadeé quan ell va retirar la mà i em va posar dret.

"Agenolla't."

Vaig gemegar mentre ell m'ajudava a posar-me de genolls.

Les meves mans descansaven sobre el meu adolorit darrere.

Les vores de la corbata fregaven la part posterior de les cuixes.

Encara podia sentir la punxada del toc, la calor de la meva pell on havien estat les mans.

El meu cony es va estrènyer pel buit que hi havia ara.

"Obre la boca."

Vaig inclinar el meu cap enrere i vaig deixar caure la meva mandíbula.

"Bona noia."

Em va acariciar la galta amb el dors dels dits per un moment.

Després va posar el polze a la boca, el va humitejar amb la meva llengua i va fregar el dit sobre el meu llavi inferior.

"Ets tan fotudament encantadora, la meva senyora. La meva noia".

Amb això, va aixecar la seva polla i va reemplaçar el polze amb el cap de la seva polla.

"Llama-la".

Vaig treure la llengua i vaig cobrir la punta amb la meva saliva.

Va fregar la polla d'una banda a l'altra i al voltant dels meus llavis.

I després vaig gemegar.

"Ara, què faré amb aquests sorolls que estàs fent?"

Va fer fora la meva barbeta, va tirar suaument perquè m'obrís més, i després va lliscar la seva polla a la boca fins que va descansar en la meva llengua.

"Sí, això podria funcionar perquè callis".

Vaig parpellejar, però vaig mantenir els meus ulls a la cara.

En el seu somriure vaig poder veure el meu reflex a les ulleres i vaig gemegar de nou.

Va empènyer la seva polla més profundament a la meva boca, fent-me sentir arcades.

Es va retirar lentament i després va tornar a entrar.

Una vegada i una altra va omplir la meva boca, la seva pell rígida es va fregar contra els meus llavis humits.

Es va retirar completament i va colpejar la seva polla contra els meus llavis un parell de vegades.

"Pren una respiració profunda."

Vaig tancar la boca i vaig empassar, provant els meus propis líquids i el seu precum en la meva llengua ara, i després la vaig tornar a obrir.

"Quina bona noia".

Ell va procedir a lliscar la seva polla a la meva boca novament, les seves mans a cada costat del meu cap.

Després va empènyer els malucs d'una banda a l'altra, follant la meva boca com ho havia fet amb el meu cony.

Va continuar per diversos llargs minuts, agafant el meu cabell amb una mà ara, sostenint el meu cap enrere.

De tant en tant, em deia que xuclara o lamés només la corona.

I s'aturava de vegades, enterrat la seva polla tan profundament que podia sentir-la a la gola i podia sentir les seves boles contra la meva barbeta, l'olor picant de la seva masculinitat envaint el meu nas.

Es va ajupir i em va pessigar el mugró o va acariciar el meu pit diverses vegades, però mai es va demorar massa, sempre tornant a omplir-me la boca amb la polla a la profunditat i velocitat que desitjava.

Em vaig queixar i vaig plorar, però els sorolls que feia ara estaven esmorteïts.

I tot el temps, xiuxiuejava paraules d'alè.

"Aquesta és la bona noia del teu senyor. Déu, se sent tan bé tenir la teva boca embolicada al voltant de la meva polla. Sí, nena. Així. Mmmm. Segueix així".

Amb tot aquest moviment, les meves lents van lliscar pel meu nas.

"Mira'm, Petita. Oh bebè, estàs tan fotudament calenta així. La meva polla a la teva boca, els teus ulls en mi. Estàs tan indefensa, a la meva mercè. I aquests lents. Oh, merda!"

Ell em va cardar un parell de vegades més, i després vaig sentir la seva llet calenta colpejar el fons de la gola.

Va mantenir el meu cap quieta, la seva polla pressionant contra la meva llengua i el paladar de la meva boca.

Quan va acabar, va dir:

"Llameu-ho. Deixa-ho net, nena".

Vaig fer el millor que vaig poder sense fer servir les meves mans.

"Aquesta és la meva bona noia".

Em va acariciar els cabells fins que va estar satisfet.

Em va ajudar a posar-me dret i em va asseure sobre l'escriptori.

Abans que pogués reaccionar, va enfonsar una mà al meu cony i va cobrir la meva boca amb la seva, silenciant el meu crit de sorpresa.

La seva altra mà va cobrir un dels meus pits i finalment va acariciar el meu adolorit mugró sota el seu palmell.

"Corre't pel teu senyor, nena", va xiuxiuejar quan em va deixar respirar.

Després m'estava fent un petó una altra vegada, empenyent la seva llengua contra la meva alhora que els seus dits jugaven amb el meu clítoris.

Aquesta vegada, vaig pujar aquest penya-segat i finalment vaig caure, el meu cos tremolant sota ell.

Es va empassar els meus crits, el seu cos va cobrir el meu, pressionant-me contra l'escriptori i la paret, fins que em vaig quedar quieta sota ell.

Vaig parpellejar quan ell va fer un pas enrere, va guardar la seva polla i es va allisar la roba.

Em va ajudar a posar-me dret novament i em va desfermar els canells.

"Vesteix-te, petita. Arregla el teu cabell".

Vaig recollir la meva roba del terra atordida.

Ràpidament em vaig recollir els cabells en un monyo i em vaig redreçar les ulleres.

Quan vaig tornar a estar arreglada, va prendre la meva galta i em va somriure.

"Ara, sobre aquest llibre que estava buscant..."

Em vaig aclarir la gola i vaig treure un llibre a l'atzar del prestatge.

"Crec que aquest és el que volia, senyor. Va estar aquí a la vista tot el temps".

"Quina raó tens, senyoreta. Estic tan content que hi hagi una bibliotecària ben competent quan se la necessita".

"En qualsevol moment que vulgui, senyor", li vaig somriure i vaig sortir de les prestatgeries. "En qualsevol moment que vulgui estic per servir-lo en el que necessiti."

DESIG SEXUAL

25

El meu amor, vull que et sents davant del teu ordinador i mostris una imatge, una peça visual, com un cony.

No la cara i el cos, només els genolls doblegats i les cames obertes.

Amb uns llargs i bonics dits elegants que separin els llavis vaginals lleugerament.

Imagina que entro i em sento assegut en aquest escriptori completament vestit.

Però com que la teva cadira té braços, col·loco els meus peus vestits amb sabates de cuir negre de taló alt, embolcalla fins al turmell i puntes punxegudes a cada costat de tu.

Et fas enrere i somrius i jo em recargo somrient també.

Aixeco el meu prim vestit negre i sedós i veus que em falten les calces i la brillantor de la meva humitat a la meva escletxa ja es nota.

Veuràs la punta d'una cotilla negra a la qual també estan unides les mitges.

Aixeco el meu vestit amb les dues mans cap amunt, el passo sobre el meu cap i et descobreixo la cotilla de cuir de només uns pocs centímetres d'amplada.

Els mugrons estan alçats i alts mentre sobresurten per la part superior.

T'inclines, però estic jo aquí per jugar amb tu i faig servir les meves sabates punxegudes per mantenir-te on ets.

Veig una polla notablement creixent que necessita sortir dels seus pantalons i et demano que els descordaments.

Passo la meva llengua pels meus llavis en tota la seva longitud, somrient, mentre llisques cap avall els pantalons.

El cap de la teva polla sobresurt dels teus boxers i també aquesta té una mica de demandant brillantor.

Està així per una bona raó.

Aquesta vista de la teva polla erecta m'encén de sobte i et demano que em llepis.

T'inclines cap endavant i ho fas, separant els meus llavis lleugerament per buscar el meu clítoris.

El prens a la teva boca, de manera que sobresurt una mica més.

Només necessitava aquest toc de la teva llengua per posar-me a cent.

Mentre m'acomodo, et demano que prenguis la teva polla amb la teva altra mà i te l'acaronis lleugerament.

Ho fas, però et puc dir que necessites més, això no és suficient.

T'obligo a posar-me de genolls per prendre't de ple a la boca, alternant en llepar de la base a la part superior, de dalt a baix i tornant a les boles, llepant l'interior del lloc on es troba l'entrecuix.

T'agrada el que veus quan estic agenollada, el meu cul està tan prim com uns pocs centímetres d'amplada i el meu anus es mostra ajustat i acollidor.

Torno a aixecar-me perquè m'estic acostant massa al clímax.

Et poso dret i els pantalons baixen més enllà dels genolls.

Segueixes amb les sabates posades, la corbata encara lligada però la camisa descordada fins a baix.

M'encanta necessitar veure tant com pugui de la pell.

Ara que estàs dret et demano que em donis l'esquena .

Que obris les cames prou per agenollar-me darrere teu.

La meva llengua et llepa les teves cames, llepant les teves boles i fins a la rajada del teu cul, llepant i girant llengua al voltant del teu anus.

Trec de la meva bossa un vibrador i li pregunto si puc fer-lo servir amb tu, però abans que contestis, t'ho poso contra la pell.

Amb la meva boca he anat deixant saliva a tot el teu cul perquè tinguis lubricat tot.

Ho poso a baixa velocitat i ho passo per les teves boles i entre les boles i el teu forat del cul.

La meva altra mà passa per entre les teves cames i agafa la teva polla, acariciant-la i avivant-la.

El vibrador se sent bé al teu cul.

El poso al costat del teu anus i llisco una de les dues puntes, la prima, que és la meva favorita també.

Aquesta llisca cap a dins i poso l'altra punta més cap al centre, darrere les teves boles, novament, veient com la sensació et porta a un altre nivell.

Les teves mans estan agafant l'escriptori i els teus ulls estan tancats cedint allò que jo vulgui fer.

Però em quedo així, acariciant una mica mentre deixo que el brunzit et faci preguntar-te què passarà després.

M'aturo abruptament i et dic que te'n donis la volta.

Ho fas i la teva cara està enrojolada.

Estaves gaudint molt d'això i apropant-te a l'estat que vols.

Però prefereixo baixar el ritme per portar-te de tornada a la meva boca.

Estic tan calent com l'Infern i estic perdent una mica de control.

Així que et faig seure de nou i m'agenollo davant teu i et demano que t'acaronis, però a poc a poc.

"Acaricia't el meu amor".

Mentre m'agenollat davant teu i m'estimo sobre els meus talons.

Encenc el vibrador i el frego a l'exterior de la meva vagina, sobre el clítoris.

Això em porta menys d'un segon per assolir l'orgasme.

Tinc les cames i els genolls oberts i tiro el cap enrere, estenc el meu cony amb les mans volent que vegis els músculs del meu orgasme movent-se.

Sostinc el vibrador fins que acabo i els meus propis sucs es vessen.

Et miro i t'estàs masturbant, augmentant el ritme.

El teu ritme s'ha accelerat i és tan excitant que m'agenollo, pregant-te que et corris per la meva cara i el meu pit.

I sí, certament, així ho fas.

Veig com surten els raigs de la teva llet cap a mi.

Però, acabes llançant els dolls a la pantalla de lordinador i sobre el teclat .

Ens acomiadem fins a un altre moment i apagues la càmera web.

HUMIDA BENVINGUDA

31

Glenn arriba a casa després d'un dur dia de treball i deixa el seu maletí i el seu abric al costat de la porta.

Ell troba que la casa està inusualment tranquil·la però no li presta gaire atenció i es dirigeix a l'habitació.

Mentre puja les escales, fa olor la meravellosa aroma del perfum de la seva estimada esposa Susan.

Quan arriba al replà, sent uns sons febles de música escapant lleument a través de la porta de la seva habitació.

Assegurant-se de no fer cap soroll, obre la porta lentament.

"Susen?" diu amb una veu masculina força profunda.

A mesura que la porta es va obrint cada cop més, la visió del seu cos nu ajagut al llit el fa tremolar.

"Si nen." ella diu en una veu sensual.

Ell comença a acostar-se cap al llit, però ella li indica que s'aturi.

Desconcertat, fa allò que li indica sabent que ella té alguna cosa al cap.

Ella s'aixeca del llit.

El seu cos es mou amb molta gràcia.

No pot evitar estar fix al seu deliciós pit movent-se lleugerament mentre ella camina cap a ell.

Sent que la seva polla s'endureix quan passen pels pensaments

"Ella és tan bonica".

Ella estén les mans i li descorda el cinturó.

També els pantalons, els descorda i se'ls baixa.

Això ho fa tremolar d?emoció.

Com ella ho veu tan emocionat, se somriu i estira els seus boxers cap avall amb una necessitat famolenca de xuclar el seu membre dur.

Ella col·loca suaument les mans sobre la seva ara erecta polla, acariciant-la lentament.

Després treu la llengua i llepa el cap abans de col·locar-la a la boca.

Ell gemega quan ella comença a xuclar la seva polla dura.

Movent-la cap a dins i cap a fora de la boca cada cop més ràpid.

Després torna lentament a un ritme baix i gira la seva llengua al voltant del cap mentre l'acarona amb la mà.

Ell gemega mentre la seva mà acaricia el cap rossat de la seva polla.

Després llepi les boles fins a la punta de la seva polla.

Ella se'l treu de la boca i s'aixeca per besar-lo apassionadament mentre li treu la camisa.

Ell envolta els seus càlids braços al voltant d'ella, apropant-la a ell, sentint els seus pits pressionats contra el seu pit.

Mentre es besen, les mans corren pel cos sentint la pell suau sota les puntes dels dits.

Les seves mans es mouen sobre el darrere i l'estreny amb força.

Ell l'aixeca pel cul embolicant les cames al voltant de la cintura i es mou cap al llit.

Ell l'estira suaument i es mou damunt seu.

La besa profundament baixant fins al coll i el pit.

Lentament llepa al voltant del seu si dret cada vegada més a prop del seu, ara, mugró erecte.

Ell col·loca el mugró a la boca i el xucla mossegant-ho suaument.

Movent-se cap a l'altre si, ell s'ajup i comença a fregar el seu clítoris, cosa que fa que ella augmenti la seva respiració i comenci a gemegar lleugerament.

Ell frega més ràpid mentre besa el seu estómac enfocant-se al seu melic.

Ella sent que es mulla molt i la respiració s'accelera.

Ell besa el seu valent montícle i després reemplaça els seus dits amb la seva llengua.

Xuclant i mossegant suaument el seu clítoris.

Això l'envia a una onada de plaer, gemegant.

Després insereix un dit que passa pels llavis del seu cony inflat cap a aquest lloc secret i relliscós.

Ell llisca el seu dit dins i fora lentament i després s'afanya inserint un altre dit més mentre ella gemega.

Ell continua concentrant-se a xuclar el seu clítoris mentre els seus dits colpegen preciosament aquest lloc tan especial al seu interior que sap que la torna absolutament boja.

Ella gemega en veu alta i sent un formigueig des de la cama dreta cap amunt i al voltant del seu cos i que surt cap a la cama esquerra.

"Oh beu!" ella gemega, "Això se sent tan bé!"

Glenn sap que, si continua així, ella definitivament anirà al límit, per la qual cosa s'alenteix i besa el seu cos de tornada per devorar la boca.

Comparteixen un petó apassionat.

Les seves llengües ballant juntes.

Treient els seus dits del seu cony ara xopat, comença a fer massatges el seu si dret.

Els seus gemecs reprimits pels petons.

El petó es trenca i ella li xiuxiueja a l'orella:

"Et necessito dins meu, afecte".

La menció de la seva polla dura lliscant al cony mullat de la seva estimada el fa grunyir de luxúria i es mou a sobre.

Obrint les cames amb els malucs, es posiciona per entrar-hi.

Jugant amb ella, insereix només el cap i després es retira lentament.

"Si us plau dóna-m'ho tot." ella li suplica, però ell preval i segueix el ritme del joc ficant només la punta i retirant-la quan ella comença a gemegar.

Finalment, en un punt inesperat, condueix el seu membre dur fins al final per fer-la cridar.

Ell comença a empènyer dins i fora d'ella lentament amb cops llargs i durs.

Ell comença a acaronar més fort i més ràpid tirant del seu darrere per a una penetració més profunda.

"Oh, Déu, et sents tan bé dins meu. T'estimo tant quan folles el meu cony".

A això gruny i es retira de sobte.

Ell li fa un gest perquè es torni i ella ho fa ràpidament amb un salt d'emoció.

Ell sap que entrar-la per darrere és una de les seves posicions favorites i també a ell li encanta donar-ho així.

Ell li insereix la polla i comença a empènyer dur i ràpid.

Ella gemega en veu alta, dient-li més fort.

Li encanta cardar la seva encantadora dona, així que comença a ser més dur amb ella.

El seu cos i boles colpejant contra el seu cul ara vermell.

Ella comença a empènyer de tornada a les seves empentes, fent que la seva polla sintrodueixi encara més endins.

Tots dos gemeguen de plaer.

"Oh, em correré, nena. Estàs a punt per a la meva llet?"

"Oh, sí nadó, jo també em correré".

Uns quants cops més i Susan crida de plaer i el seu cos comença a tremolar quan el seu orgasme l'està aclaparant.

Glenn sent que les parets del seu cony comencen a munyir la polla i ja no pot aguantar més.

Grunyint el seu nom, ell dispara el seu esperma calent profundament dins del seu cony ara cremós i humit.

Susan, exhausta per la seva explosió, descansa sobre els colzes quan sent que li llença uns raigs més de semen dins d'ella.

Satisfet, i intentant no caure sobre ella, es retira lentament del seu cony i l'agafa per la cintura estirant-la cap al llit amb ell.

Es miren als ulls, tots dos ennuvolats pels poderosos orgasmes que acabaven de travessar els seus cossos fa tot just uns segons.

Una satisfacció de coneixement mutu persisteix a l'habitació mentre tots dos s'adormen als braços de l'altre.

VESTIDA PER A L'OCASIÓ

37

El silenci de la nit la va envoltar, pressionant-la amb la seva serenitat, intentant calmar la seva ansietat.

Tot i això, això no podia calmar-la.

Sentiments desenfrenats a què no estava acostumada, i que mai abans havia experimentat, van sorgir al seu cos, posant-la nerviosa.

Els seus talons van espetegar suaument al llarg del camí pavimentat mentre mirava cap al cel.

Per què hi anirà aquesta nit?

Per què s'havia vestit així?

Podia sentir el poder que la seva mirada tenia sobre ella.

Ella va sospirar i va permetre que la seva ment no seguís pensant sobre els esdeveniments que podrien passar aquesta nit.

* * *

Se sentia com si cada mirada hi estigués mentre entrava al local.

Les sabates de taló d'agulla van fer petar contra el pis de fusta dura mentre passava per la pista de ball i s'acostava al bar.

La faldilla del seu vestit vermell i negre es balancejava de banda a banda amb cada pas, la franja vermella fluïa contra el genoll mentre que el negre descansava uns centímetres per sobre.

La brusa penjava solta de les espatlles, baixant pels pits, rebotant prou com per cridar l'atenció amb cada pas que feia i mostrant una generosa proporció de pell.

I sense brassier.

Ella sabia com es veia amb aquest vestit.

Semblava una guineu.

Havia acabat el look amb una gola d'encaix negre al voltant del coll i només un toc de llapis de llavis vermell.

Va seure entre un home i una dona, i va somriure al cambrer.

"Hola James"

"Samy. Que bo que és veure't de nou". Ell va deixar que els seus ulls llisquessin sobre ella lentament per la seva cara i pits. "Molt bé, de fet. I per a qui és l'ocasió?"

Ella va negar amb el cap i va somriure, fent que un floc de ris caigués sobre la seva orella.

"No hi ha ocasió. Simplement tenia ganes de vestir-me així".

Ell va estirar el braç per sobre de la barra i va col·locar el ris darrere de la seva orella.

Els seus dits van fregar el costat de la galta i ella gairebé va oblidar com respirar.

"Hauries de vestir-te així amb més freqüència".

"Potser ho faci."

"Sortiré de treballar ara a la nit al voltant de les onze. T'agradaria ballar després?"

Ella va assentir lentament, incapaç d'apartar la mirada de la d'ell.

Amb una precisió molt lenta, es va inclinar sobre la barra i va acostar els seus llavis als d'ella, aprofundint el petó prou per fer-la voler més abans que ell s'allunyés.

"Uns vint minuts."

* * *

Aquells vint minuts mai havien semblat més llargs a la vida de Samy.

Ella observava tot al seu voltant tot el temps conscient de cada moviment que ell feia sense mirar-lo.

Era com si els seus sentits estiguessin sintonitzats amb el seu cos, però tot i així ella va saltar quan ell la va tocar a la part posterior de l'espatlla.

S'havia descordat el coll de la camisa negra i li estava somrient, allargant-li la mà.

"Crec que em deus un ball".

Quan ella va col·locar la mà a la d'ell, va ser com si una petita descàrrega d'electricitat travessés el cos.

Ell va somriure quan la va portar a un racó de la pista de ball i després la va acostar al cos quan la cançó va canviar.

Era lent i seductor, i el batec d'ell semblava coincidir amb el seu cor, mentre s'estrenyia contra ell.

I ja així de sobte ella va ser molt conscient dels contorns durs que ondulaven contra el seu cos tou.

Ella va lliscar els seus braços al voltant d'ell, pressionant els suaus corbes posteriors amb les mans mentre es balancejaven d'un costat a l'altre.

Es va inclinar i va pressionar els seus llavis contra els d'ella, separant-los suaument i seduint-la amb la seva llengua.

La seva mà va lliscar més avall sobre la seva esquena, descansant sobre el maluc, lliscant prou baix per acariciar una galta del cul mentre tirava de la part inferior del cos contra la seva.

Ella va panteixar en sentir el fort que ell realment estava pressionant contra ella i podria haver jurat que ho va escoltar gemegar.

Però just quan ho va fer, l'altre cambrer el va trucar i ell va sospirar, abaixant el cap enrere.

"Samy ... ja torno. Juro que ho faré. No vagis enlloc".

Ella va assentir una mica tontament mentre s'allunyava de la pista de ball i entrava en un aïllat reservat.

Va veure que James tornava al bar i s'inclinava sobre ell novament, parlant amb Joseph.

Joseph era el bàrman substitut de la nit.

Sempre se'n feia càrrec quan James es retirava.

Quan va veure una rossa alta i de cames llargues unir-s'hi, es va adonar d'alguna cosa.

Ella no era aquest tipus de noia.

No tenia idea del que feia.

James era el tipus d'home que sempre tenia disponible qualsevol noia, qualsevol noia alta, rossa i súper sexy.

I ella era baixeta, bruna i llatina.

Ella va sortir corrent.

Tan ràpid i silenciosament com va poder.

Es va dirigir cap a la porta i quan va mirar per sobre de l'espatlla va veure la rossa inclinar-se prop de James i lliscar els dits pel braç.

Ella va sospirar i va sacsejar el cap mentre continuava el camí.

No seria bo aturar-se a pensar-hi.

Li començaven a fer mal els peus pels talons, així que se'ls va treure i es va apartar del camí empedrat, deixant que els seus peus la guiessin fins a la riba del riu que coneixia tan bé.

Va ficar els peus a la riba del riu i simplement va mirar l'aigua durant molt de temps.

"Què estava pensant?" Ella finalment va murmurar.

"Això és el que m'agradaria saber".

Ella gairebé va cridar quan es va girar.

James estava dret darrere d'ella, amb els braços plegats amb enuig i arrufant les celles.

Però les celles arrufades lentament es va anar reemplaçant per una mirada de confusió i preocupació.

"Samy, plores. Què et passa?"

Ella va apartar la vista d'ell i va creuar el riu cap a l'altra riba amb gespa.

"No ho hauria d'haver fet. No hauria d'haver vingut al bar aquesta nit vestida així. No hauria d'haver pensat que tenia alguna oportunitat".

"Samy, de què dimonis estàs parlant?"

Ell es va acostar i va deixar caure la mà sobre la seva espatlla.

Ella estava tremolant, tenia fred.

Ell es va treure precipitadament l'abric i se'l va tirar sobre les espatlles, col·locant-se darrere d'ella per fregar-li els braços.

"Et veies bella allà dins. Crec que vaig oblidar com havia de respirar quan vas entrar".

"He vist les dones amb qui usualment estàs. No sóc com elles, James. No sóc elegant ni super sexy. No sóc rossa, ni alta, ni de cames llargues, ni tinc un cos perfecte com ell. No tinc solució en contra d'això. Ni tan sols sabia el que estava fent". Ella va acabar en un murmuri.

"¿De debò? Podries haver-me enganyat allà dins".

La va girar cap a ell i es va inclinar cap endavant, pressionant els seus llavis contra el coll.

Ella es va estremir.

"El teu cos se sentia perfecte quan em vas pressionar contra tu en aquesta pista de ball".

Va aixecar la mà i va fer fora el seu pit, traçant el contorn del mugró a través de la seva brusa.

La va fer tremolar una mica.

"Segur que aquests semblaven saber què volien fer quan ens estàvem besant i pressionant junts".

Es va inclinar sobre ella i la va obligar a estirar-se fins que va estar ajaguda a terra.

"Deixa'm mostrar-te, Samy. Deixa'm demostrar-te que ets més del que creus".

Els seus llavis van lliscar contra els d'ella abans de lliscar pel seu coll i sobre la prima brusa que cobria els pits.

El seu alè va quedar atrapat a la gola quan els llavis van trobar primer un mugró i després l'altre, xuclant-los lentament mentre ella s'arquejava en el seu toc.

Els seus dits van trobar hàbilment la vora de la seva brusa i van començar a pujar-la lentament, provocant la seva pell quan es va revelar.

La va aixecar més enllà dels pits i la va sostenir just per sobre mentre besava el seu si dret, assaborint la seva pell.

Ella va gemegar quan James finalment va acostar els seus llavis a la carena del seu si, prenent el mugró entre les seves dents i tirant-ho suaument abans de succionar-ho.

Ella va gemegar encara més fort quan la seva mà va començar a amassar el seu altre si, rodant el seu palmell sobre el mugró repetidament.

"Veus?" Ell va respirar contra la pell. "Ets la dona perfecta".

Ell va començar a besar la en el seu camí cap avall, traçant cercles al voltant del seu melic amb la seva llengua.

James li va somriure mentre aconseguia la seva faldilla i, en lloc de baixar-la, la va empènyer cap amunt.

La part davantera es va doblegar cap enrere i al moment següent estava col·locant petons suaus i juganers al llarg del seu monticle calent per sobre de les calces.

Ella ja era humida.

Podia sentir-ho a través de les calces mentre fregava el seu nas contra ella.

Ella va tremolar sota ell i ell li va acariciar suaument amb els dits de dalt a baix mentre feia servir les dents per lliscar les calces cap avall.

La va fer un petó, sense barrera ja entre els seus llavis i el seu cony.

Ell va començar a lliscar la seva llengua al llarg de la seva esquerda i ella va gemegar, els seus malucs arquejant-se desenfrenadament de manera que ell va pressionar la seva llengua profundament en ella, traçant-la sobre el seu clítoris.

Samy va gemegar i es va arquejar contra la seva llengua, el plaer la va recórrer mentre ell fregava les dents contra el seu clítoris i lliscava un dit dins d'ella.

"Vaig mantenir", va respirar contra el seu clítoris. "No només vaig oblidar com respirar".

James va succionar suaument el seu clítoris, el seu dit bombant dins i fora de la seva tensió.

"Gairebé em vinc als pantalons només de veure't abans".

Els dits d'ella es van agafar als cabells, i ell va somriure contra el seu conyet mentre lliscava un segon dit dins d'ella, passant la seva llengua sobre el seu clítoris repetidament fins que el seu cos tremolava sota la boca.

Els seus dits la van acaronar, endins i fora, excitant-la, persuadint el seu cos perquè respongués fins que ella es balancegés contra la seva mà i llengua.

"James", la seva veu gairebé va fallar quan es va recargolar a la mà. "Si us plau no t'aturis ara!"

Van sortir les seves paraules en un suau to de complicitat, però ràpidament va pujar de volum quan ella va cridar de plaer.

Ell estava mossegat suaument el seu clítoris i ara ho estava xuclant amb força, i els seus dits empenyent amb força dins seu prenent el seu clímax.

Ell ansiosament va llepar els seus sucs i quan el tremolor del seu cos es va desaccelerar,

Quan va acabar, es va moure per sobre.

Ell va somriure i va recolzar el seu front contra la d'ella, deixant que el seu cos freugés el d'ella mentre la mirava als ulls.

"T'ho vaig dir, ets tan dona com elles, si no més".

Els seus ulls van brillar amb alguna cosa que podria haver estat de dubte mentre mirava als ulls de James, però després va deixar que els seus dits recorrissin el pit i baixessin a l'embalum dur als seus pantalons.

"És per això que ho tens tan dur?

Perquè sóc una dona així com elles?"

Els seus dits van fregar amunt i avall contra la seva polla, i ell no va poder evitar el gemec que va lliscar més enllà dels seus llavis.

No obstant això, no va tenir oportunitat de respondre ja que els llavis van trobar els seus i qualsevol pensament va ser esborrat de la seva ment.

Els seus dits van lliscar cap al seu pit i hàbilment va començar a desembotonar la seva camisa.

Ràpidament la va treure dels pantalons i el va empènyer de banda mentre tirava de la seva camisa per treure-se-la completament.

El botó dels seus pantalons es va obrir amb una tirada i la cremallera va lliscar gairebé per si sola.

Ella li va baixar els pantalons i els boxers prou com per alliberar la seva polla i va embolicar la seva petita mà al voltant d'ella, acariciant-la lentament perquè ell gemegara i s'estrenyés ansiosament contra la seva mà.

Ell va gemegar de molèstia i es va posar dret, traient-se els pantalons i els boxers en un sol moviment i tornant-se cap a ella.

Ella ara estava de genolls i li va somriure mentre una vegada més envoltava la mà al seu voltant.

Ell es va inclinar sobre ella fent-li unes carícies lentes, tancant els ulls.

Al moment següent, però, els va obrir quan els llavis se'n van embolicar al voltant de la polla, movent-los lentament cap amunt i cap avall sobre el seu membre dur.

Ell va posar ara les seves mans a la part posterior del seu cap i lentament va començar a empènyer-la dins i fora de la seva boca, gemegant mentre ella ho xuclava amb cada moviment.

Els cops suaus no van trigar gaire a tornar-se ràpids i curts, Samy ho xuclava més fort com més ràpid ell li movia el cap.

La seva mà estava acariciant les seves boles, fent-les rodar cap endavant i cap enrere mentre la seva boca s'estrenyia al seu voltant.

Quan ella estava jugant amb la seva llengua al cap de la polla, ell va explotar a la boca.

Ella va empassar ràpidament quan ell li va enviar el seu raig, prement la boca i la gola contra la seva polla fent-li córrer encara més fort i amb més raigs, fins que finalment es va esgotar.

Va lliscar la polla de la boca lentament i va deixar que la seva mirada caigués a terra.

Va caure de genolls davant seu, col·locant la mà contra la galta.

Estaven a només pas de distància quan el dit de James va traçar el costat de la cara, enfonsant el dit sota la barbeta i va aixecar els ulls cap als d'ell.

"No hem acabat encara".

La seva veu va ser tan baixa que li van donar esgarrifances per l'esquena mentre el mirava meravellada.

Es va inclinar i va pressionar els seus llavis contra ella, aprofundint ràpidament el petó.

Quan la seva llengua va lliscar més enllà dels seus llavis, una mà va lliscar darrere seu, apropant-la contra ell perquè fossin carn amb carn.

Els seus mugrons van pressionar contra el seu pit joiosament, i la seva nova erecció va pressionar amb força contra els seus abdominals inferiors.

Ella es va moure i va fregar el seu cos al llarg d'ell lentament, fent-lo gemegar quan el seu petó es va tornar febril.

La va tornar a recostar i va lliscar la faldilla per les cames.

Ell la va mirar per un llarg moment abans de moure's.

Ell es va inclinar sobre ella una altra vegada i li va fer un lleuger petó al ventre, just a sobre del melic.

Ell va somriure contra la seva pell càlida i va començar a besar-se cap amunt, a la inversa de les seves accions anteriors.

Els seus llavis amb prou feines van brincar contra els pits abans d'asseure's al seu coll i acariciar el batec.

Ell palpitava entre les seves cames, el seu membre pressionant contra la seva rajita humida mentre ella envoltava les cames al voltant de la seva cintura i ell lliscava els seus braços al voltant d'ella.

En un ràpid moviment, James estava assegut amb ella a la seva falda i, si això fos possible, pressionant encara més la seva verga contra ella.

Ella es va recargolar una mica i ell va gemegar.

La va besar fins arribar just a sota de l'orella i va llençar suaument del seu lòbul.

"Digues-me, Samy, ho vols?"

El seu alè era calent contra la pell i ella tremolava.

"Vols la meva polla gran i dura enterrada al teu interior?"

La resposta de Samy va sonar gairebé com un gemec mentre es fregava contra ell.

"Sí. Si us plau, James, he volgut això des de ..." però ella ràpidament es va aturar, un enrogiment encara a les galtes i va mirar cap a un altre costat.

James no en tenia idea.

Va forçar la seva mirada de nou a la seva i va recolzar la seva erecció contra ella.

"Acaba el que estaves dient".

Ella va gemegar i les ungles es van clavar lleugerament a la pell.

"He volgut això des que et vaig conèixer".

"Llavors digues-me què tant ho vols".

No va ser una demanda, més aviat una petició mentre ell lliscava els seus dits pels pits, pastant lentament la seva carn.

Podia sentir la seva calor irradiant contra la seva polla, i estava fent tot el que podia per no simplement llençar-la i prendre-la.

La seva resposta el va sorprendre, i va destrossar tot l'autocontrol que havia estat fent servir.

"No ho vull. Ho necessito, James".

Els seus ulls estaven fixos en els d'ell ara, i ell va gemegar suaument contra la seva pell mentre ella s'estrenyia més.

"Ho necessito tant, ho he somiat tant de temps. Si us plau. Necessito que em follis".

No li podia negar això més.

No es va poder contenir més després d'això.

La va aixecar fins que el cap de la seva polla es va pressionar contra la seva obertura i després ràpidament la va deixar caure sobre ella.

Tots dos van gemegar.

El seu cony estava tan atapeït al voltant de la seva polla que quan ell va començar a moure cap amunt i cap avall sobre el seu membre, i la seva longitud dura semblava encara més gran tancada dins d'ella.

Ella va gemegar i usant les seves cames per palanquejar-se va començar a saltar sobre la seva polla.

Els seus pits van rebotar lliurement contra ell i els mugrons el van trucar quan ell es va inclinar cap endavant i va començar a mamar.

Ella va gemegar i va començar a saltar més ràpid sobre la seva polla, impulsant-se una vegada i una altra.

Els seus llavis estaven provocant els mugrons, atraient-los i xuclant, després passant la seva llengua sobre ells i rosegant mentre es balancejava amb els seus rebots, gemegant contra la seva pell, enviant vibracions a través de les seves mossegades.

El seu cony estava tan mullat que la humitat li baixava per la polla, i ell va gemegar quan ella intencionalment va estrènyer la seva raja al seu voltant, fent que ell es resistís més a ella.

Ell els va inclinar a tots dos perquè ella estigués d'esquena novament sobre l'herba i va començar a colpejar la seva polla amb força dins i fora d'ella.

Samy va gemegar encara més fort, les seves ungles rostint la seva esquena mentre una altra forta empenta la feia tornar al seu clímax.

L'espasme atapeït al voltant de la seva polla ràpidament va fer que James es corregués també i ell es va estavellar encara més ràpid contra ella, grunyint quan el seu semen calent la va omplir fins que es va vessar per les cuixes.

Va caure de banda, panteixant.

Després la va atreure cap a ell, deixant petons suaus a un costat de la cara.

"Ara, passaran cinc anys més abans que siguis prou valent com per tornar a fer això?"

Ell va somriure i va besar la comissura dels seus llavis.

"No mai, James".

Samy va somriure i va fregar els seus llavis contra els d'ell.

"Bé, perquè no crec que et pugui treure les mans de sobre per més d'un dia o dos".

El riure de Samy va ressonar a través del llac, i James va somriure quan es va asseure i la va besar profundament.

Això definitivament podria ser el començament d'una cosa molt interessant.

RECEPCIÓ INESPERADA

49

Glenn arriba a casa després d'un dur dia de treball i deixa el seu maletí i el seu abric al costat de la porta.

Ell troba que la casa està inusualment tranquil·la però no li presta gaire atenció i es dirigeix a l'habitació.

Mentre puja les escales, fa olor la meravellosa aroma del perfum de la seva estimada esposa Susan.

Quan arriba al replà, sent uns sons febles de música escapant lleument a través de la porta de la seva habitació.

Assegurant-se de no fer cap soroll, obre la porta lentament.

"Susen?" diu amb una veu masculina força profunda.

A mesura que la porta es va obrint cada cop més, la visió del seu cos nu ajagut al llit el fa tremolar.

"Si nen." ella diu en una veu sensual.

Ell comença a acostar-se cap al llit, però ella li indica que s'aturi.

Desconcertat, fa allò que li indica sabent que ella té alguna cosa al cap.

Ella s'aixeca del llit.

El seu cos es mou amb molta gràcia.

No pot evitar estar fix al seu deliciós pit movent-se lleugerament mentre ella camina cap a ell.

Sent que la seva polla s'endureix quan passen pels pensaments
"Ella és tan bonica".

Ella estén les mans i li descorda el cinturó.

També els pantalons, els descorda i se'ls baixa.

Això ho fa tremolar d?emoció.

Com ella ho veu tan emocionat, se somriu i estira els seus boxers cap avall amb una necessitat famolenca de xuclar el seu membre dur.

Ella col·loca suaument les mans sobre la seva ara erecta polla, acariciant-la lentament.

Després treu la llengua i llepa el cap abans de col·locar-la a la boca.

Ell gemega quan ella comença a xuclar la seva polla dura.

Movent-la cap a dins i cap a fora de la boca cada cop més ràpid.

Després torna lentament a un ritme baix i gira la seva llengua al voltant del cap mentre l'acarona amb la mà.

Ell gemega mentre la seva mà acaricia el cap rossat de la seva polla.

Després llepi les boles fins a la punta de la seva polla.

Ella se'l treu de la boca i s'aixeca per besar-lo apassionadament mentre li treu la camisa.

Ell envolta els seus càlids braços al voltant d'ella, apropant-la a ell, sentint els seus pits pressionats contra el seu pit.

Mentre es besen, les mans corren pel cos sentint la pell suau sota les puntes dels dits.

Les seves mans es mouen sobre el darrere i l'estreny amb força.

Ell l'aixeca pel cul embolicant les cames al voltant de la cintura i es mou cap al llit.

Ell l'estira suaument i es mou damunt seu.

La besa profundament baixant fins al coll i el pit.

Lentament llepa al voltant del seu si dret cada vegada més a prop del seu, ara, mugró erecte.

Ell col·loca el mugró a la boca i el xucla mossegant-ho suaument.

Movent-se cap a l'altre si, ell s'ajup i comença a fregar el seu clítoris, cosa que fa que ella augmenti la seva respiració i comenci a gemegar lleugerament.

Ell frega més ràpid mentre besa el seu estómac enfocant-se al seu melic.

Ella sent que es mulla molt i la respiració s'accelera.

Ell besa el seu valent monticle i després reemplaça els seus dits amb la seva llengua.

Xuclant i mossegant suaument el seu clítoris.

Això l'envia a una onada de plaer, gemegant.

Després insereix un dit que passa pels llavis del seu cony inflat cap a aquest lloc secret i relliscós.

Ell llisca el seu dit dins i fora lentament i després s'afanya inserint un altre dit més mentre ella gemega.

Ell continua concentrant-se a xuclar el seu clítoris mentre els seus dits colpegen preciosament aquest lloc tan especial al seu interior que sap que la torna absolutament boja.

Ella gemega en veu alta i sent un formigueig des de la cama dreta cap amunt i al voltant del seu cos i que surt cap a la cama esquerra.

"Oh beu!" ella gemega, "Això se sent tan bé!"

Glenn sap que, si continua així, ella definitivament anirà al límit, per la qual cosa s'alenteix i besa el seu cos de tornada per devorar la boca.

Comparteixen un petó apassionat.

Les seves llengües ballant juntes.

Treient els seus dits del seu cony ara xopat, comença a fer massatges el seu si dret.

Els seus gemecs reprimits pels petons.

El petó es trenca i ella li xiuxiueja a l'orella:

"Et necessito dins meu, afecte".

La menció de la seva polla dura lliscant al cony mullat de la seva estimada el fa grunyir de luxúria i es mou a sobre.

Obrint les cames amb els malucs, es posiciona per entrar-hi.

Jugant amb ella, insereix només el cap i després es retira lentament.

"Si us plau dóna-m'ho tot." ella li suplica, però ell preval i segueix el ritme del joc ficant només la punta i retirant-la quan ella comença a gemegar.

Finalment, en un punt inesperat, condueix el seu membre dur fins al final per fer-la cridar.

Ell comença a empènyer dins i fora d'ella lentament amb cops llargs i durs.

Ell comença a acaronar més fort i més ràpid tirant del seu darrere per a una penetració més profunda.

"Oh, Déu, et sents tan bé dins meu. T'estimo tant quan folles el meu cony".

A això gruny i es retira de sobte.

Ell li fa un gest perquè es torni i ella ho fa ràpidament amb un salt d'emoció.

Ell sap que entrar-la per darrere és una de les seves posicions favorites i també a ell li encanta donar-ho així.

Ell li insereix la polla i comença a empènyer dur i ràpid.

Ella gemega en veu alta, dient-li més fort.

Li encanta cardar la seva encantadora dona, així que comença a ser més dur amb ella.

El seu cos i boles colpejant contra el seu cul ara vermell.

Ella comença a empènyer de tornada a les seves empentes, fent que la seva polla sintrodueixi encara més endins.

Tots dos gemeguen de plaer.

"Oh, em correré, nena. Estàs a punt per a la meva llet?"

"Oh, sí nadó, jo també em correré".

Uns quants cops més i Susan crida de plaer i el seu cos comença a tremolar quan el seu orgasme l'està aclaparant.

Glenn sent que les parets del seu cony comencen a munyir la polla i ja no pot aguantar més.

Grunyint el seu nom, ell dispara el seu esperma calent profundament dins del seu cony ara cremós i humit.

Susan, exhausta per la seva explosió, descansa sobre els colzes quan sent que li llença uns raigs més de semen dins d'ella.

Satisfet, i intentant no caure sobre ella, es retira lentament del seu cony i l'agafa per la cintura estirant-la cap al llit amb ell.

Es miren als ulls, tots dos ennuvolats pels poderosos orgasmes que acabaven de travessar els seus cossos fa tot just uns segons.

Una satisfacció de coneixement mutu persisteix a l'habitació mentre tots dos s'adormen als braços de l'altre.

INSATISDA

55

És un matí fresc.

He d'anar a la feina, però no tinc ganes d'aixecar-me.

Ajaguda aquí, penso a estimar-te.

Puc veure els teus ulls mirant-me, somrient-me.

Ja puc sentir la calor acumulant-se a la meva entrecuix.

Llisco la meva mà suaument sobre els meus pits com si els teus ulls la seguissin.

Els meus mugrons responen immediatament, endurint-se.

Aixeco el si per xuclar un mugró suaument a la meva boca.

Sento els teus llavis tancar-se al voltant de l'altre mugró i un gemec profund escapa dels meus llavis.

Sento el suc quan comença a lliscar cap avall des de l'interior del meu cony.

Mou les meves mans al voltant del meu estómac i després cap al meu abdomen, imaginant les teves mans tocant-me.

Lentament llisco el meu dit mitjà en la humitat i la calor.

Prego el meu dit com si la teva polla estigués enterrada en el més profund de mi.

Lliscant el meu dit dins i fora, els meus malucs comencen a moure's en un moviment circular.

Sento el meu dit volent més de la sensació que s'està creant.

El palmell de la mà ha atrapat el suc que ara surt del meu cony.

Llamo el dolç sabor del meu palmell i llisco el meu llarg dit a la meva boca imaginant que és la teva deliciosa polla.

Lentament envolto la punta del meu dit amb la llengua com si fos el cap de la teva polla.

Moc la meva llengua al llarg del meu dit, girant tot al voltant per atrapar cada tros de suc.

Tanco els llavis amb força a la base del meu dit i llisco la meva boca fins a la punta i començo a treballar amb la meva llengua al voltant de la part superior del meu dit.

A què t'imagines que la teva polla està enterrada a la meva boca?

Observant com el meu cap es mou cap amunt i cap avall, succionant-te profundament a la gola amb els músculs de la meva boca treballant.

T'estic xuclant la polla i pots sentir la meva llengua i la meva boca xuclar-te igual que jo sento com si haguessis xuclat els meus mugrons.

La meva llengua es mou per tot arreu , els meus llavis humits movent-se constantment amb la necessitat de xuclar més fort, més ràpid, i més profund.

Estic molt excitada davant la idea de sentir-te enterrat en mi.

Prenc el meu dit i el llisco novament dins del meu cony, assegurant-me que estigui xop.

Trec el meu dit i el frego per tota la meva raja i el submergeixo novament per obtenir més humitat.

Aquesta vegada frego també el meu atapeït forat del darrere.

Lentament llisco un dit dins i l'orgasme és immediat.

M'encantaria que em follares amb els dits i la polla al mateix temps.

M'encanta la idea de ser omplerta per tu.

Rodo sobre el meu estómac i començo a treballar el meu clítoris amb les dues mans.

Movent les meves mans cap al meu estómac, pressionant fermament sobre el meu dolç monticle.

Em follo amb les mans fins que sento que aquesta sensació comença.

La sensació comença al fons i em fa estrènyer mentre em correré de nou.

Mou els meus malucs més ràpid, els meus peus s'encongeixen per la necessitat d'explotar endins mentre em follo amb els dits.

Un gemec llarg, profund i gutural s'escapa quan arribo al clímax completament i exploto.

Esgotada, me'n vaig al llit d'esquena, penso en el que acabo d'experimentar i em trobo excitada de nou.

Em segueixo preguntant "què és aquest encanteri que tens sobre mi"?

Cap home no m'ha excitat tant com tu.

Et veig a la meva ment, l'home afectuós i sexy que ets.

Puc sentir els teus llavis suaus i dolços sobre els meus.

La manera com la teva llengua sedosa esbossa els meus llavis i la suau mossegada de les teves dents.

La manera com la teva llengua llisca profundament a la meva boca i prova la gana que tinc per a tu.

La manera com la teva llengua envolta la meva i el dolç intercanvi de la teva saliva es barregen amb la meva.

Puc sentir la teva boca calenta mentre es mou cap a la meva oïda i la calor de la punta de la teva llengua quan es llança ràpidament a dins.

El suau xiuxiueig del meu nom porta una onada d'esperma just dins del meu dolç cony i la teva boca es mou cap als meus mugrons durs i erectes.

Lentament, la teva llengua envolta el meu mugró esquerre i bufes tan suaument.

Tanques la boca sobre la meva duresa reactiva i gemega.

La meva mà dreta comença a lliscar sobre els meus mugrons i aixeco el si esquerre cap a la meva boca per xuclar suaument el mugró, imitant com se sentiria la teva boca.

Lentament, els meus dits llisquen sobre les meves costelles cap al meu abdomen i els dits llargs i prims de la meva mà arriben al meu dolç clítoris.

Suaument, les puntes freguen el botó i el meu dit mig llisca dins fins al primer artell per sentir la humitat que s'hi ha acumulat.

Llisco el dit profundament per alliberar el teu semen i atrapar el suc de mel al palmell de la mà.

Llamo el suc del meu palmell, assaborint el sabor i l'olor del sexe.

Llisco el meu dit mig, just fins al primer artell, a la meva boca, imaginant que és el cap de la teva polla.

Lentament, la meva llengua dóna voltes, novament provant el suc i sé que és la teva llet preseminal el que estic assaborint en la meva llengua.

La meva boca calenta i humida llisca pel meu dit, com si fos el teu membre calent i inflat.

La meva boca es tanca completament i llisca cap amunt fins a la punta mentre la meva boca atapeïda xucla només el cap imaginat de la teva polla sedosa.

A mesura que agafo el ritme de cardar el meu dit a la meva boca, gairebé puc sentir la tensió a les teves boles quan el semen comença a elevar-se.

En aquest mateix pensament, sento que la humitat llisca fora del meu cony i sé que he de follar-me.

Rodo ràpidament sobre el meu estómac, les meves mans busquen el meu cony.

Els pressiono amb força contra el meu monticle, els rovells dels dits troben el meu clítoris.

Els meus malucs comencen a girar lentament, donant voltes i voltes a mesura que els meus músculs de peus i cames comencen a tensar-se i els meus dits treballen el meu dolç cony.

Et veig entrar per darrere i m'imagino la teva polla, xopa amb els meus sucs i brillant en la humitat mentre llisca dins i fora del meu cony.

Oh, fotre, estic tan fotudament excitada mentre els meus dits i palmells pressionen fort... el més dur que poden mentre arribo al clímax.

Els meus peus i cames estan estrets, el meu cos s'estremeix per la intensitat.

Em giro sobre la meva esquena imaginant el teu dolç i palpitant polla dins del meu cony assedegat de semen.

Els músculs del meu cony continuen apretant-se com si estiguessin xuclant el semen de la teva polla.

I llavors sí, gairebé puc sentir aquesta llengua calenta teva mentre llisca cap amunt i cap avall per la meva raja.

La teva boca es tanca sobre els llavis del meu cony i el ràpid moviment de la teva llengua que em fa córrer a la teva boca.

I t'aixeques, a riallades sobre el meu cos i llisques la teva polla xopa d'esperma a la meva boca.

Assaboreixo el sabor dels nostres sucs barrejats mentre xucla i lleco netament.

Em desplomo sobre el llit, el meu cos encara tremola i formigueja.

Quin sentiment tan meravellós fas que senti amb tu.

FI

61

Don't miss out!

Visit the website below and you can sign up to receive emails whenever Erika Sanders publishes a new book. There's no charge and no obligation.

https://books2read.com/r/B-A-IGGS-PRMOC

BOOKS 2 READ

Connecting independent readers to independent writers.

9 798223 645917